每個人心中都有一座島嶼，
藉文字呼息而靜謐，
Island，我們心靈的岸。

獻給所有我不曾愛過的人

假牙詩集

我的青春

Little Bird of My Youth

小鳥

目録

風

童話

媽媽開花了

童话　　妈妈开花了

案情

他綁架一名天使
把羽毛通通拔光
塞進枕頭套
但願入寢時
夢會很輕

很　輕　很

很／輕／很／輕

案情　他綁架一名天使／把羽毛通通拔光／塞进枕头套／但愿入寝时／梦会很轻／

4

查某

她在眾目睽睽之下走過馬路

無題

他是一個善良的人
他有一個善良的妻子
一個善良的兒子
一個善良的女兒
他養了一隻善良的狗
一隻善良的貓
一缸善良的魚
陽台還擺了一排善良的盆栽

他們都覺得很餓

春天

春天
是忍住小便的新娘

春天
是忍不住小便的新娘

无题

他是一个善良的人／他有一个善良的妻子／一个善良的儿子／一个善良的女儿／他养了一只善良的狗／一只善良的猫／一缸善良的鱼／阳台还摆了一排善良的盆栽／他们都觉得很饿

作者：黑光

春天

春天／是忍住小便的新娘／春天／是忍不住小便的新娘

7

天倫

他收拾行李離家出走
他父母掩嘴偷笑一路跟蹤
多年以後他才尋思出來——
難怪晚上總是覺得床擠

天伦

他收拾行李离家出走／他父母掩嘴偷笑一路跟踪／多年以后他才寻思出来／
难怪晚上总是觉得床挤

8

班納杜

後來他發覺她媽媽原來是他女兒

她兒子原來是他父親

班納杜

后来他发觉她妈妈原来是他女儿／她儿子原来是他父亲

9

新衣

請不要

在我肩上哭泣

感觸

從前有一個國王
忘記了回家的路
他偶一抬頭
看見滿天的星星

从前有一个国王／忘记了回家的路／他偶一抬头／看见满天的星星

11

小紅帽

祖母只是藉口
她渴望知道森林的祕密
大把純潔可愛伺機發難
狼未必有便宜可占

小红帽　祖母只是借口／她渴望知道森林的秘密／大把纯洁可爱伺机发难／狼未必有便宜可占

忙

舞后午後舞後乘機趁機大便小便順便閱讀一則關於她的舞評評舞的人和她有過一手但不算很熟

忙　舞后午后舞后乘机趁机大便小便顺便阅读一则关于她的舞评评舞的人和她有过一手但不算很熟

放人曲

我要留髮留完歲月 *

讓頭蝨繁殖了幾代又幾代

在我人老珠黃的時候

至少不會寂寞

我知道愛是永遠

但一生只有一生

即使情比金堅

咱們終將被自己的肉身所背叛

所以親愛的　要走就走吧

省下告別的繁文縟節

14

做一切我們在一起時你不能夠做的事

譬如坐牢

用一隻未睜眼的老鼠送酒

和一顆豌豆大被同眠

跳豔舞　加入邪教

按部就班的失去你的純真

或跟別人借個嬰兒在街上討錢

玩到殘

玩到最後一口氣

不要管我

我有我的頭髮要留

我有我的頭蝨要養

我有我的頭髮要留

我有我的頭蝨要養

＊第一句是鍾曉陽的句子

放人曲

我要留发留完岁月＊／让头虱繁殖了几代又几代／在我人老珠黄的时候／至少不会寂寞／我知道爱是永远／但一生只有一生／即使情比金坚／咱们终将被自己的肉身所背叛／所以亲爱的 要走就走吧／省下告别的繁文缛节／做一切我们在一起时你不能够做的事／譬如坐牢／用一只未睁眼的老鼠送酒／和一颗豌豆大被同眠／跳艳舞 加入邪教／或跟别人借个婴儿在街上讨钱／按部就班的失去你的纯真／玩到残／玩到最后一口气／不要管我／我有我的头发要留／我有我的头虱要养／我有我的头发要留／我有我的头虱要养／我有我的头发要

＊第一句是钟晓阳的句子

16

童話後遺症

多年以後
她吻他時的感覺
仍像吻一隻青蛙

童話後遺症

多年以后／她吻他时的感觉／仍像吻一只青蛙

17

大家合作愉快

你放飛機
我打飛機

糕迅六：曲水黑酥

猛男

他終於娶親了

他家的母狗和蛋雞

鄰居的花貓和寮裡養的菜豬

後山的羊和對街八十九歲的寡婦

都大大的鬆了一口氣

天上的鳥兒

也能放心在枝頭停歇

猛男　　他终于娶亲了／他家的母狗和蛋鸡／邻居的花猫和寮里养的菜猪／后山的羊和对街八十九岁的寡妇／都大大的松了一口气／天上的鸟儿／也能放心在枝头停歇

19

鏡子

如果你是我
為什麼你還活著？

如果我是你
為什麼你還活著？

如果你是你
為什麼你還活著？

如果我是我
為什麼你還活著？

分手

咱們分手吧
左手歸你
右手歸我

镜子　如果你是我／为什么你还活着？／如果我是你／为什么你还活着？／如果我是你／为什么你还活着？／如果你是我／为什么你还活着？

分手　咱们分手吧／左手归你／右手归我

21

生物課

女人是爬蟲類

喜歡盤纏　打盹　產卵

隨時躺成風景

能把世界變得很小變得世界

或有劇毒

容易滲水

繁複的護膚程序以防鱗化

偶爾偽裝成花

晚上很吵

藍藍的天

沿著軌道找你

總是無法湊齊

生物课

女人是爬虫类／喜欢盘缠 打盹 产卵／随时躺成风景／能把世界变得很小 吵／变得世界／或有剧毒／容易渗水／繁复的护肤程序以防鳞化／偶尔伪装成花／晚上很

蓝蓝的天

沿着轨道找你／总是无法凑齐

23

非常偵探

你找不到自己的時候找不到鏡子
找不到風的時候找不到謠言
找不到夢的時候找不到絲襪

玫瑰充滿敵意　雲不斷更換口供
每一頭乳牛的地圖都各有說法
每一顆星子都言詞閃爍
每一口窗都是祕密結社
每一個逸去的背影都竊笑

24

然後你不管啦
不管街燈容易暴露目標
高舉一杯月光釀的酒
不知為何心痛得如此無聊

非常偵探　你找不到自己的时候找不到镜子／找不到风的时候找不到谣言／找不到梦的时候找不到丝袜／玫瑰充满敌意　云不断更换口供／每一头乳牛的地图都各有说法／每一颗星子都言词闪烁／每一口窗都是秘密结社／每一个逸去的背影都窃笑／然后

你不管啦／不管街灯容易暴露目标／高举一杯月光酿的酒／不知为何心痛得如此无聊

忠告

如果你在走路時一手高舉著一粒青蘋果

另一手的兩根手指塞住鼻孔張大口呼吸

舌頭上躺著話梅

——會有人說你很笨

忠告　　如果你在走路时一手高举着一粒青苹果另一手的两根手指塞住鼻孔张大口呼

吸舌头上躺着话梅——会有人说你很笨

26

憶兒時

他母親很胖

他小時候不管怎麼努力

總是無法把她完全抱攏

長大後

他娶了兩個老婆

忆儿时 他母亲很胖／他小时候不管怎么努力／总是无法把她完全抱拢／长大后／他娶了两个老婆

27

十誡（悼奇洛斯基）

請不要在看電影時搖腳

更不要藍白紅不分

如果你被謀殺　細節會交代清楚

我會買一段繩子和洗臉盆

梳子當口琴吹

法官會偷聽律師開車到郊外的樹林號啕大哭

郵票少了一枚　腎少了一個　心臟爬不上音階

然後你在造愛完畢

感覺另一個自己已經死了

28

胡言亂語　最好他聽不懂

小女孩回家　敵人可以高枕

爸爸只會製造玩具熊

派牛奶的男孩只會派牛奶

寡婦是天才　獄中的妻子有想像的翅膀

聖誕節我不想吞安眠藥

如果老公死了　孩子就不必打掉

如果孩子死了　我不再玩電腦

鏡頭背後　有人永遠愛你

方舟若傾

我們必再重逢

29

白夜

Z

十诫（悼奇洛斯基）

请不要在看电影时摇脚／更不要蓝白红不分／如果你被谋杀 细节会交代清楚／我会买一段绳子和洗脸盆／梳子当口琴吹／法官会偷听律师开车到 郊外的树林号啕大哭／邮票少了一枚　肾少了一个　心脏爬不上音阶／然后你在造爱完 毕／感觉另一个自己已经死了／胡言乱语　最好他听不懂／小女孩回家　敌人可以高枕 ／爸爸只会制造玩具熊／派牛奶的男孩只会派牛奶／寡妇是天才　狱中的妻子有想像的 ／翅膀／圣诞节我不想吞安眠药／如果老公死了　孩子就不必打掉／如果孩子死了　我不 再玩电脑／镜头背后　有人永远爱你／方舟若倾／我们必再重逢

暗戀

她來探訪時他不在家

她於是在廚房的桌面

下了一粒蛋

他毫不知情

煮了當早餐

暗恋 她来探访时他不在家／她于是在厨房的桌面／下了一粒蛋／他毫不知情／煮了当早餐

31

久違的晚安吻

明明知道是對的
你為什麼還去做？
蹓狗時記得戴上安全套

那一綠一綠的螢幕　我看見鬼
螞蟻搬家　烏龜張開惺忪的眼
如果可能的話　我想大便

跳舞時記得把腳抬高　讓人注意到你
新買的高跟鞋

32

節省用愛

月光漲價了二十巴仙

我把生日蛋糕埋在後院

一百年後

挖出來的人發達

瀕死前

別忘了倒垃圾

久违的晚安吻

明明知道是对的／你为什么还去做？／蹓狗时记得戴上安全套／那一绿一绿的萤幕　我看见鬼／蚂蚁搬家　乌龟张开惺忪的眼／如果可能的话　我想大便／跳舞时记得把脚抬高　让人注意到你／新买的高跟鞋／节省用爱／月光涨价了二十巴仙／我把生日蛋糕埋在后院／一百年后／挖出来的人发达／濒死前／别忘了倒垃圾

淫婦一二三

（一）

天生麗汁難自棄

（二）

你達達的馬蹄是美麗的錯誤 *

既然美麗——

咱們一起錯下去吧

（三）

千帆過盡

都是

34

遲鈍

2突然發覺1和3一直都在身邊

感到非常幸福

＊改自鄭愁予的句子

淫妇一二三 （一）天生丽汁难自弃 （二）你达达的马蹄是美丽的错误＊／既然美丽——／咱们一起错下去吧 （三）千帆过尽／都是

＊改自郑愁予的句子

迟钝

2突然发觉1和3一直都在身边／感到非常幸福

我夢中來了一頭貓

我夢中來了一頭貓
半夜眼綠綠毛茸茸的竄進被窩
嚇我一跳
牠有尖尖的牙　利利的爪
弄得我全身愛咬
又藉故在我小腹團團轉
說明明沒有忘記給我捎來
一束初綻的寒梅

36

喵喵喵喵　喵喵喵喵

牠向我報告久別的經歷

關於全世界的屋頂和花園

關於蜥蜴　蟾蜍　薄荷草

喵喵喵喵喵　喵喵喵喵

牠教我如何品嘗一尾帶刺的魚

喵喵喵

我告訴牠我愛牠

喵喵喵喵喵

我告訴牠我永遠愛牠

牠很感動

給我一個粗粗的吻

然後我們相擁睡去

37

世界雖冷　我的夢暖呼呼

而且沒有老鼠

清晨你聞到我口氣有偷腥味

那不過是——

我夢中來了一頭貓

我梦中来了一头猫　　我梦中来了一头猫／半夜眼睛绿绿毛茸茸的窜进被窝／吓我一跳／它有尖尖的牙　利利的爪／弄得我全身爱咬／又藉故在我小腹团团转／说明没有忘记给我捎来／一束初绽的寒梅／喵喵喵喵　喵喵喵喵／它向我报告久别的经历／关于全世界的屋顶和花园／关于蜥蜴　蟾蜍　薄荷草／喵喵喵／喵喵喵喵／它教我如何品尝一尾带刺的鱼／喵喵喵／我告诉它我爱它／喵喵喵喵喵／我告诉它我永远爱它／它很感动／给我一个粗粗的吻／然后我们相拥睡去／世界虽冷　我的梦暖呼呼／而且没有老鼠／清晨你闻到我口气有偷腥味／那不过是——／我梦中来了一头猫

認真

一朵花在城市
晚餐要吃些什麼？

書名：認真
作者：千紫華

在巴剎遇見一個彈吉他的人

他賣唱維生
要把他的小狗撫養長大
成為一個有用的人

在巴剎遇見一个弹吉他的人

的人

他卖唱维生／要把他的小狗抚养长大／成为一个有用的人

40

鄉愁

那年去非洲旅行
他爸爸被狮子吃掉
他媽媽被鱷魚吃掉
他弟弟被黑豹吃掉
他妹妹被蟒蛇吃掉

現在每逢想家
他就去參觀動物園

乡愁　那年去非洲旅行／他爸爸被狮子吃掉／他妈妈被鳄鱼吃掉／他弟弟被黑豹吃掉／他妹妹被蟒蛇吃掉／现在每逢想家／他就去参观动物园

溺

謝謝你給我大海一樣的溫柔

讓我湛藍如睡

水底魚群溜溜

陽光晃盪　斑斑迷眼

我的寧靜一如水草的搖移

一如萬劫不復的寬心

溺　　谢谢你给我大海一样的温柔／让我湛蓝如睡／水底鱼群溜溜／阳光晃荡　斑斑迷眼／我的宁静一如水草的摇移／一如万劫不复的宽心

霧

凌晨四點出門
看見一叢早啟的玫瑰
和一隻晚歸的貓

凌晨四点出门／看见一丛早启的玫瑰／和一只晚归的猫

43

難為情

觀音在罌粟的田裡*

难为情

　　观音在罂粟的田里

*改自瘂弦的句子

無題

她從小就是一個寡婦
長大後才學會爬樹

无题

她从小就是一个寡妇／长大后才学会爬树

地球是圓的

（一）

我一轉身

就是天涯了

（二）

她千辛萬苦來到世界的盡頭

碰見隔壁賣菜頭粿的阿嫂

（三）

難怪阿芒多摔倒

無題

墮胎後
她身輕如燕

地球是圓的　（一）我一转身／就是天涯了　（二）她千辛万苦来到世界的尽头／碰

见隔壁卖菜头粿的阿嫂　（三）难怪阿芒多摔倒

无题　　堕胎后／她身轻如燕

47

貼身的謎

（一）

徒然的花季
莫神傷
你的燦爛永遠綻放在我的胸膛

（二）

如何敘述一座噴泉呢？
一座偶然狂喜的噴泉啊！

（三）

我用片片相思

為你擦拭月亮

輾轉過了一生　形銷骨立

仍得不到你回眸的淺笑

（四）

由於紛紛墜地的蘋果

我為你抗衡地心吸力

但我按捺不住你的洶湧

也阻擋不了——

那氾濫在季節的最初

暖暖的雪

49

（五）

你是不是偷偷馴養了一隻樹熊？

一隻野兔？　一隻刺蝟？

或者你鋪滿朝鮮草的庭院

有一株罕見的胡姬？

噓，我一定保守祕密

（六）

你跟什麼人共進燭光晚餐？

你跟什麼人吃過大排檔早餐？

都可以對我盡情傾吐

再有什麼不堪

大鳴大放也不必尷尬

50

讓我收藏

讓你遺忘

（七）

愛我

如同舌尖上的一枚救生圈

滑翔機將永遠能在你的腹地平安降落

然後你沉沉睡去　不必半夜醒來

因為一定有

櫻花盛開的消息

51

（八）

那些騙你奶水的東西

那些剝奪你睡眠的東西

那些要你一輩子牽腸掛肚的東西

通通被我逮住了！

你放心爽吧！

你放心爽吧！

（九）

在你的貝殼海中泡泡浴的是我

而人們都以為

薄荷仙子剛吻了你

（十）

伸進一條香蕉

騙出一隻猴子

（十一）

你在我身上填夢

準備郵遞給心上的人

偷窺的月亮事後透露

通篇盡是──

ZZZ　ZZZZZZ

ZZZ　ZZZZZ

ZZZ　ZZZZ

清早用膠水緘好

卻不好意思寄出

貼身的謎

（一）徒然的花季／莫神伤／你的灿烂永远绽放在我的胸膛（二）如何叙述一座喷泉呢？／一座偶然狂喜的喷泉啊！／（三）我用片片相思／为你擦拭月亮／辗转过了一生　形销骨立／仍得不到你回眸的浅笑（四）由于纷纷坠地的苹果／我为你抗衡地心吸力／但我按捺不住你的汹涌／也阻挡不了——／那泛滥在季节的最初／暖暖的雪（五）你是不是偷偷驯养了一只树熊？／一只野兔？／一只刺蝟？／或者你铺满朝鲜草的庭院／有一株罕见的胡姬？／嘘，我一定保守秘密（六）你跟什么人共进烛光晚餐？／你跟什么人吃过大排档早餐？／都可以对我尽情倾吐／再有什么不堪／大鸣大放也不必尴尬／让我收藏／让你遗忘（七）爱我／如同舌尖上的一枚救生圈／滑翔机将永远能在你的腹地平安降落／然后你沉沉睡去　不必半夜醒来／因为一定有／樱花盛开的消息（八）那些骗你奶水的东西／那些剥夺你睡眠的东西／那些牵肠挂肚的东西／通通被我逮住了！／你放心爽吧！／你放心爽吧！（九）在你的贝壳海中泡泡浴的是我／而人们都以为／薄荷仙子刚吻了你（十）伸进一条香蕉／骗出一只猴子（十一）你在我身上填梦／准备邮递给心上的人／偷窥的月亮事后透露／篇尽是——／ZZZ　ZZZZ　ZZZZZZ　ZZZZZ　ZZZ　ZZZZ　ZZZZZZZZZ／清早用胶水缄好／却不好意思寄出

（答案在本书内找）

美女與野獸

她努力的溫柔
終於使他喪失了獸性
從此卻變得索然無味

暗摥

美女与野兽　她努力的温柔／终于使他丧失了兽性／从此却变得索然无味／暗摥

55

無題

兒時的夢是一枚雞蛋

現在他夢見烤雞

於是傷心的哭了

无题

儿时的梦是一枚鸡蛋／现在他梦见烤鸡／于是伤心的哭了

鬼故事

咦，
我的身體呢？

鬼故事　　咦／我的身体呢？

英籍病患情詩

讓我載你一起去飛翔

劃越蜜糖色的海洋

白紗巾的

你倦了嗎？

還是你正仰望天堂？

我發現女人背脊

有古老泳者的圖騰

我很想知道一直很想知道

那肩頸相連的性感地帶

可有個名堂？

58

（你灼灼的目光

燙傷我的臉龐

薰人的是開羅的天氣

還是你遺落在我髮上的杏仁糖霜？）

（我要你收下一定要你收下

我細心臨摹

那洞穴裡神祕的歡暢）

我把你夾進希羅多德的歷史

我把你留在暗處

（答應我你一定會回來

把我帶回老家的花園）

59

如果不是因為地理

或許我們不會相遇

（如果不是那個風沙星塵的晚上

或許我們之間沒有歷史）

如果我能有另一個名字

（如果地圖能有另一種說法）

或許不必有騰空的鳳凰

被烈日燃成灰燼

（或許我們可以在人間終老）

或許我們可以終老

老

請你叫醒我

英籍病患情诗

让我载你一起去飞翔／划越蜜糖色的海洋／白纱巾的／你倦了吗？／还是你正仰望天堂？／我发现女人背脊／有古老泳者的图腾／我很想知道一直很想知道／那肩颈相连的性感地带／可有个名堂？／(你灼灼的目光／烫伤我的脸庞／薰人的是开罗的天气／还是你遗落在我发上的杏仁糖霜？／(我要你收下一定要你收下／我细心临摹／那洞穴里神秘的欢畅)／我把你夹进希罗多德的历史／我把你留在暗处／(答应我你一定会回来／把我带回老家的花园)／如果不是因为地理／或许我们不会相遇／(如果不是那个风沙星尘的晚上／或许我们之间没有历史)／如果我能有另一个名字／(如果地图能有另一种说法)／或许不必有腾空的凤凰／被烈日燃成灰烬／(或许我们可以在人间终老)／或许我们可以终老

老　　请你叫醒我

無題

她把童貞獻給他
他竟絲毫不表感激
對於道德的淪亡
她深表憤怒

无题

她把童贞献给他／他竟丝毫不表感激／对于道德的沦亡／她深表愤怒

62

地鐵獨幕劇

女人在他對面座位一屁股坐下就開始化妝他看著她

熟練地打粉底畫眼線塗唇膏地鐵到終站她已變得

天仙一樣

創作的過程總之他愛上了她

或許因為她恬不知恥的坦白或許他目擊一個藝術

地铁独幕剧　　女人在他对面座位一屁股坐下就开始化妆他看着她熟练地打粉底画眼线涂唇膏地铁到终站她已变得天仙一样／或许因为她恬不知耻的坦白或许他目击一个艺术创作的过程总之他爱上了她

祝福

送你一個乳房

在鋪滿苔蘚的床上煮湯

你孕育的猴子有長長的睫毛

像一道跨越士敏土的浮橋

你倒垃圾的姿態撩人

我願意苦苦等待

像山水一樣等待

像山水一樣等蟲來蛀

我知道

生命是如此不可重逢的甜蜜

一如母狗之不可言傳

迷迭香的羔羊

仍猶疑著該不該讚美上帝

送你一個乳房

祝福　　送你一个乳房／在铺满苔藓的床上煮汤／你孕育的猴子有长长的睫毛／像一道跨越士敏土的浮桥／你倒垃圾的姿态撩人／我愿意苦苦等待／像山水一样等待／像山水一样等虫来蛙／我知道／生命是如此不可重逢的甜蜜／一如母狗之不可言传／迷迭香的羔羊／仍犹疑着该不该赞美上帝／送你一个乳房

時代悲劇

化驗報告說她的笑容含致癌物質
從此再也沒人敢讚她美麗

時代悲剧

化验报告说她的笑容含致癌物质／从此再也没人敢赞她美丽

66

母親

哺乳類天使
質地柔軟　有香味
習慣於擔憂
是夢的開始
是最初的戀

母亲

哺乳类天使／质地柔软　有香味／习惯于担忧／是梦的开始／是最初的恋

無厘頭

他在假山邂逅
一個牽掛著羊群的女孩
一頭霧水　美極麵
他被迷住了
被她用水袖一把潑醒
別管我　我是賠錢貨
剛被股票灼傷
他把她衣服剝掉
果然全身赤字
兩人造愛　姿勢錯誤　造成房子

她照例叫床　應的是椅子

對不起　我在靜坐　椅子說

鏡子看它一眼　忍不住哈哈

照得梨子身材變形

臉紅的是蘋果

老羞成怒去搞政治

成立蘋果派

我突然想吃蛋撻

霧散了　把羊解放掉

咱們去買蛋撻吧

火車嘟嘟

真的非常難過

忘記你
為什麼這樣容易？

无厘头　他在假山邂逅／一个牵挂着羊群的女孩／一头雾水　美极面／他被迷住了／被她用水袖一把泼醒／别管我　我是赔钱货／刚被股票灼伤／他把她衣服剥掉／果然／全身赤字／两人造爱　姿势错误　造成房子／她照例叫床　应的是椅子／对不起　我在／静坐　椅子说／镜子看它一眼　忍不住哈哈／照得梨子身材变形／脸红的是苹果／老羞／成怒去搞政治／成立苹果派／我突然想吃蛋挞／雾散了　把羊解放掉／咱们去买蛋挞吧／火车嘟嘟

真的非常难过　忘记你／为什么这样容易？

70

初戀

她迷失在他的眼神
三天三夜才找到回家的路

現在他知道
月亮是真的

初恋

她迷失在他的眼神／三天三夜才找到回家的路／現在他知道／月亮是真的

71

戲迷情人

你在做夢的時候
我在睡覺

你在夢中歡笑的時候
我在睡覺

你在夢中哭泣的時候
我在睡覺

你醒來了
我在做夢

女人城

他一腳絆到乳溝
一頭栽進另一個陰戶裡

戏迷情人

你在做梦的时候／我在睡觉／你在梦中欢笑的时候／我在睡觉／你在梦中哭泣的时候／我在睡觉／你醒来了／我在做梦

女人城

他一脚绊到乳沟／一头栽进另一个阴户里

心中的草原

在快餐店喝一杯搖乳
一群華爾滋的母牛

戀歌

她把丈夫煮熟吃掉以後
才真正體會到他的好處
於是明白了他是愛她的

感動

恋歌

感动

她把丈夫煮熟吃掉以后／才真正体会到他的好处／于是明白了他是爱她的／

斷

我決定把西瓜送給你

流浪到貓轉彎的地方

在你夢見九層糕的時候

一顆星星摔死了

我不會太過煽情

尼羅河一年才氾濫一次

若你發現信用卡被盜用

那只是我實際地想念你的方式

告別了所有咕嚕咕嚕

請勿在夜深人靜時打屁

紊亂的思緒可織成一件毛衣

失眠的話　不妨自慰

為你　　我暫時停止呼吸

但我愛上了問號

天涯或許老花　未來可能很皺

生命未必有一疋布長

算了吧

解釋令我心虛

無題

又冷又濕的森林
一匹馬在手淫

斷

我决定把西瓜送给你／流浪到猫转弯的地方／在你梦见九层糕的时候／一颗星星摔死了／我不会太过煽情／尼罗河一年才泛滥一次／若你发现信用卡被盗用／那只是我实际地想念你的方式／告别了所有咕噜咕噜／请勿在夜深人静时打屁／紊乱的思绪可织成一件毛衣／失眠的话　不妨自慰／为你　我暂时停止呼吸／但我爱上了问号／天涯或许老花　未来可能很皱／生命未必有一定布长／算了吧／解释令我心虚

无题

又冷又湿的森林／一匹马在手淫

78

下午茶

情人

情是假的
人是真的

春之頌

這個春天我充滿毒計
要把湖鏡打爛
驚動魚水之歡
荷葉上的露珠紛紛震落　　碎裂
青蛙嚇得忘記產卵
水仙無法自戀
顧影的天鵝以為被打回
原形醜小鴨

我故意不叫醒所有冬眠的動物

讓他們沒有時間追逐調情

須草草了事交媾繁殖

我要使蜘蛛都變成寡婦

用強力膠把孔雀尾巴黏住

又替刺蝟剃度

叫貓叫夏　　秋　　冬

還把雌兔通通拐賣給

花花公子俱樂部

然後我向狐狸傳教

使牠對上帝不再狐疑

頭頂出現祥和聖潔的光環

從此不好意思吃雞

然後我會大展歌喉

令喜鵲百靈黃鸝布穀杜鵑啄木鳥雲雀反舌

都為我難堪得差點從枝頭摔下

對啁啾一曲今後興味索然

我還要逼小草抽芽抽到抽筋

又嘲笑樹木說它披上的所謂「新綠」

早幾年已出現在

巴黎的時裝展銷會

我要令玫瑰落紅　牡丹失血

吊鐘木蘭百合鳶尾鳳仙芍藥豬耳忍冬毛蕊

海棠莉芹流蘇錦葵含笑鬱金香石榴

都被我訛稱患上愛滋

必須放縱這最後一季

然後我要桂花開爛

李花開爛

杏花開爛

櫻花一塌糊塗

〈桃花一地不可收拾

不可收拾

84

春之颂

这个春天我充满毒计／要把湖镜打烂／惊动鱼水之欢／荷叶上的露珠纷纷

震落　　碎裂／青蛙吓得忘记产卵／水仙无法自恋／顾影的天鹅以为被打回／原形丑

小鸭／我故意不叫醒所有冬眠的动物／让他们没有时间追逐调情／须草草了事交媾繁

殖／我要使蜘蛛都变成寡妇／用强力胶把孔雀尾巴黏住／又替刺猬剃度／叫猫叫夏

秋／冬／还把雌兔通通拐卖给／花花公子俱乐部／然后我向狐狸传教／使它对上

喜鹊百灵黄鹂布谷杜鹃啄木鸟云雀反舌／都为我难堪得差点从枝头摔下／对啁啾一曲

帝不再狐疑／头顶出现祥和圣洁的光环／从此不好意思吃鸡／然后我会大展歌喉／令

今后兴味索然／我还要逼小草抽芽抽到抽筋／又嘲笑树木说它披上的所谓「新绿」／

早几年已出现在／巴黎的时装展销会／我要令玫瑰落红／牡丹失血／吊钟木兰百合

鸢尾凤仙芍药猪耳忍冬毛蕊／海棠莉芹流苏锦葵含笑郁金香石榴／都被我讥称患上爱

滋／必须放纵这最后一季／然后我要桂花开烂／李花开烂／杏花开烂／樱花一塌糊涂

／桃花一地不可收拾／不可收拾

境界

她看破紅塵
下海伴舞

慰問書

你藏在私處養傷
夜裡捧著心肝怯怯入寢
夢不敢
晨起鏡中替死人化妝

你藏在私處養傷
要把傷養大
替你復仇

你抱怨車川　抱怨天藍

抱怨地球繼續轉
不明白為何你心的顛覆
竟颳不起人間一點塵埃

你以為我們不懂的事我們都懂
你以為獨特的經歷不過是模式的重複
恨似餿的愛
類似排泄物
記得拉水　把門帶上
手勢不妨蒼涼
給浪漫一點面子
這
就

88

夠
了

縱有千般好不知你好就是不好
或曾溫柔若不理你痛算是白痛
淚濕的眼瞳
或有虹彩的幻象
藍天卻正好
揚起你喧嘩的旗幟
全世界的玫瑰都會看到
全世界的玫瑰都會看到

房間

請別濫用你的想像力

輯四：正流糖

慰问书

你藏在私处养伤／夜里捧着心肝怯怯入寝／梦不敢／晨起镜中替死人化妆／你藏在私处养伤／要把伤养大／替你复仇／你抱怨车川　抱怨天蓝／抱怨地球继续转／不明白为何你心的颠覆／竟扬不起人间一点尘埃／你以为我们不懂的事我们都懂／你以为独特的经历不过是模式的重复／恨似馊的爱／类似排泄物／记得拉水　把门带上／手势不妨苍凉／给浪漫一点面子／这／就／够／了／纵有千般好不知你好就是不好／或曾温柔若不理你痛算是白痛／泪湿的眼瞳／或有虹彩的幻象／蓝天却正好／扬起你喧哗的旗帜／全世界的玫瑰都会看到／全世界的玫瑰都会看到

房间

请别滥用你的想像力

卵教

雞拜

送你一朵豆腐花

頭風起　燕梳過　天花亂墜

到處笨豬跳

一群人打小報告　把小報告打得半死

消防車嗚嗚的趕去撲滅一個惹火尤物

令我想起你的三溫暖

一畦畦椰菜娃娃的田裡

有人裝蒜　有人栽贓　有人培養感情

再遠一點浮現著腦海

漁夫們在沙灘上晒著他們的漁網絲襪

92

小販在擺架子賣淫

我們可以一起等待時裝潮流

然後到動物園探望斑馬線　同時抽象

再找個歷史的陰影納涼

喝一口薪水　吃一碗電話粥

唉　或者騎匹一字馬　去熱衷一下叢林的上班族

是個好主意

趁他們趕熊市牛市時　用股票擦屁股

糟糕烤燶了　聊天黑了

快把八卦新聞貼在門檻上避邪

你陰唇半啟

道：「都唔知我嗡乜。」

93

出人頭地

陞為主任的第二天
他就去醫院割包皮

送你一朵豆腐花　头风起　燕梳过　天花乱坠／到处笨猪跳／一群人打小报告　把小报告打得半死／消防车呜呜的赶去扑灭一个惹火尤物／令我想起你的三温暖／一畦畦椰菜娃娃的田里／有人装蒜　有人栽赃　有人培养感情／再远一点浮现着脑海／渔夫们在沙滩上晒着他们的渔网丝袜／小贩在摆架子卖淫／我们可以一起等待时装潮流／然后到动物园探望斑马线　同时抽象／再找个历史的阴影纳凉／喝一口薪水　吃一碗电话粥／咦　或者骑匹一字马　去热衷一下丛林的上班族／是个好主意／趁他们赶熊市牛市时　用股票擦屁股／糟糕烤燶了　聊天黑了／快把八卦新闻贴在门槛上避邪／你阴唇半启／道：「都唔知我嗡乜。」

出人头地　升为主任的第二天／他就去医院割包皮

94

負心的人

他欺騙了自己的感情

負心的人

他欺騙了自己的感情

95

孽緣

你在每一次月圓的時候愛我

紅布一樣

在我不知所措的泅泳當中把狗打死

你是我懷的鬼胎

你是豬腸粉

你是印度

多年以後小叮噹

仍依稀記得風中母雞的心跳

應該強調一下感化院的伙食不錯

96

雪花膏好過西瓜霜

該多喝點白開水
小便很黃
記得去趟洗衣店
穿剩一件底褲了

孽缘

你在每一次月圆的时候爱我／红布一样／在我不知所措的泅泳当中把狗打死／你是我怀的鬼胎／你是猪肠粉／你是印度／多年以后小叮当／仍依稀记得风中母鸡的心跳／应该强调一下感化院的伙食不错／雪花膏好过西瓜霜／穿剩一件底裤了／记得去趟洗衣店／小便很黄／该多喝点白开水

97

疑是故人來

消息傳來你在流浪途中被汽車撞死
這時滿山的蝴蝶正靜悄悄的下蛋

又要大選了
婦女們仍採用舊式的衛生棉
並憂喜參半的等待停經的日子

我記得你躺在達法卡獅子的懷中
唸給我一首關於瞌睡蟲的詩
說你夢見

沒有可樂罐子漂浮的海洋

人們興奮的爭相走告──
原來稀釋的垃圾氣味
聞起來像古龍
大排檔吃雲吞麵吃到一隻毛蟲
變成一件令人慶幸的事
這城市總是鬧水災
大家都學會了蛙式
並開始戴潛水眼鏡上班
我準備上山去等榴槤跌
掰開肉體的芬芳

對不起

不想念你

下輩子過馬路要小心

p/s. 切記托夢出真字

糊塗四：阿罩

疑是故人来

消息传来你在流浪途中被汽车撞死／这时满山的蝴蝶正静悄悄的下蛋／又要大选了／妇女们仍采用旧式的卫生棉／并忧喜参半的等待停经的日子／我记得你躺在达法卡狮子的怀中／念给我一首关于瞌睡虫的诗／说你梦见／没有可乐罐子漂浮的海洋／人们兴奋的争相走告——／原来稀释的垃圾气味／闻起来像古龙／大排档吃云吞面吃到一只毛虫／变成一件令人庆幸的事／这城市总是闹水灾／大家都学会了蛙式／并开始戴潜水眼镜上班／我准备上山去等榴梿跌／掰开肉体的芬芳／对不起／不想念你／下辈子过马路要小心／p/s. 切记托梦出真字

100

不肖子

他把父親閹掉

請記得在我睡著以前叫醒我

請記得在我睡著以前叫醒我
或許水泥層下還有蟲聲
如果兩點之間最短的距離是夢
為什麼蟒蛇還要冒險過馬路
讓蜿蜒被輾成斷句
兔子是扁的　果子狸是糊的
而蜥蜴決定下輩子要當酷吱辣

102

請記得在我睡著以前叫醒我

在恍恍惚惚之中
我比較容易面對
一望無際的住宅區及臭水渠
歌頌祖國的壯麗山河

沒有一盞燈等老虎回家
獅子有牙卻沒有牙蘭
鵲和鳩皆無巢可占
在漫天盤旋著無法降落的火雞時
即使假寐也是自私的

請記得在我睡著以前叫醒我

雖然夢中

還會有水蛭

泥鰍

打架魚

和金黃的稻浪

但我知道風景不再是願意苦候的賢妻

只怕一覺醒來

我已被遺棄在

一個滿目瘡痍

而且全然陌生的星球

请记得在我睡着以前叫醒我

请记得在我睡着以前叫醒我／或许水泥层下还有虫声／如果两点之间最短的距离是梦／为什么蟒蛇还要冒险过马路／让蜿蜒被辗成断句／兔子是扁的　果子狸是糊的／而蜥蜴决定下辈子要当酷吱辣／请记得在我睡着以前叫醒我／在恍恍惚惚之中／我比较容易面对／一望无际的住宅区及臭水渠／歌颂祖国的壮丽山河／没有一盏灯等老虎回家／狮子有牙却没有牙兰／鹊和鸠皆无巢可占／在漫天盘旋着无法降落的火鸡时／即使假寐也是自私的／请记得在我睡着以前叫醒我／虽然梦中／还会有水蛭／泥鳅／打架鱼／和金黄的稻浪／但我知道风景不再是愿意苦候的贤妻／只怕一觉醒来／我已被遗弃在／一个满目疮痍／而且全然陌生的星球

105

小偷

悄悄的我走了

正如我悄悄的來

我揮一揮衣袖

不帶走一片雲彩

媽的窮光蛋

整間房子沒一件值錢東西

老子今天真是倒楣透頂

小偷　　悄悄的我走了／正如我悄悄的来／我揮一揮衣袖／不带走一片云彩／妈的穷光蛋／整间房子没一件值钱东西／老子今天真是倒楣透顶

風景

利智

卷八八：呆劍窒

演員訓練班

請假裝你捨不得我

請假裝你很難過

請假裝你難過馬路

請假裝你捨不得我同時很難過馬路

請假裝你胃痛同時捨不得我同時很難過馬路

請假裝你胃痛牙痛同時鬧肚子同時捨不得我同時很

難過馬路

請假裝真的

請真的假裝

請假裝真的假裝

108

請真的假裝假裝

請假裝假裝

（好了，休息半小時，同學們可以自行練習七情上臉。）

請想像你發出閃電　變成傾盆大雨

請想像你是一片烏雲

請想像你是一片雲

請想像你是一棵樹

請想像你是一棵春天的花樹開了一頭的花

請想像你是一棵秋天的果樹被纍纍的果實壓得直不起腰

請想像有人在你身上用醜陋字體刻下「阿牛愛阿花」

109

請想像你身上有啄木鳥不停的啄

請想像有野狗劈開大腿在你身上撒尿

（好了，休息半小時，男女同學二人一組在鐵達

尼船頭扮比翼鳥狀然後::You jump, I jump.）

現在大家跟著我唸：

（華語）我一見你就討厭，再看你更傷心，你要

帶她走，我就跟你把命拼！

（粵語）唔該你放過我啦，我唔做大佬好耐啦。

咁係吖嘛，重駛問咩。

（英語）Frankly my Dear, I don't give a damn.

Go ahead, make my day.

（華語）你聽我解釋！我不聽！！你聽我解釋！

110

我不聽！！你聽我解釋！我不聽！！

（巫語）Abang janganlah bimbang, Adik kini di Rambutan.

（粵語）我生係你冚家嘅人，死係你冚家嘅鬼。

奶奶，你唔好逼我扯啦。嗚嗚嗚⋯⋯。

（英語）You talking to me? You talking to me?

You talking to me?

（法語）Parce que moi je rêve, moi je ne le suis pas. Parce que je rêve, je rêve.

好了，現在所有的男同學以占士甸不羈的樣子學周潤發、史泰龍及阿諾舒華辛力加持鎗的姿態，然後以成龍的身手從椅子上跳下來。

111

所有的女同學以少婦淫婦貴婦蕩婦怨婦潑婦家庭
主婦的身分出浴春睡煮飯揍仔澆花打毛線接電話
打麻將阻街罵街然後以巾幗不讓鬚眉的姿態指揮
三軍為國捐軀。

顧問就在門外候教。）

骨除脂去肋陰戶收縮陽具加大的同學，外科諮詢

此外有意割眼紋眉紋身脫痣漂白換皮隆胸豐臀駁

自行練習不擇手段向上爬。

（好了，你畢業了。廣東義山就在後面，大家可

演员训练班　　请假装你舍不得我／请假装你很难过／请假装你难过马路／请假装你舍
不得我同时很难过马路／请假装你胃痛同时舍不得我同时很难过马路／请假装你胃痛

牙痛同时闹肚子同时舍不得我同时很难过马路／请真的假装／请真的假装／请真的假装假装／请真的假装假装／（好了，休息半小时，同学们可以自行练习倾盆大雨／请想像你是一片乌云／请想像你是一片乌云／请想像你发出闪电　变成是一棵秋天的果树被累累的果实压得直不起腰／请想像你是一棵春天的花树开了一头的花／请想像你「阿牛爱阿花」／请想像你身上有啄木鸟不停的啄／请想像你身上有野狗擘开大腿在你身上撒尿／（好了，休息半小时，男女同学二人一组在铁达尼船头扮比翼鸟状然后：You jump, I jump.／（好了，你毕业了。／现在大家跟着我念：／（华语）我一见你就讨厌，再看你更伤心。你要带她走，我就跟你把命拚！我不听！！／现在大家跟着我念：／（粤语）我生系你㕼家嘅人，死系你㕼家嘅鬼。奶奶，你唔好逼我扯啦／（粤语）唔该你放过我啦，我唔做大佬好耐啦。咁系吖嘛，重驶问咩。／（华语）你听我解释！我不听！！你听我解释！我不听！！／（巫语）Abang janganlah bimbang, Adik kini di Rambutan.／（英语）Frankly my Dear, I don't give a damn. Go ahead, make my day.／……。／（粤语）（法语）Parce que moi je rêve, moi je ne le suis pas. Parce que je rêve, je rêve.／（英语）You talking to me? You talking to me? You talking to me?／好了，现在所有的男同学以占士甸不羁的样子学周润发、史泰龙及阿诺舒华幸力加持枪的姿态，然后以成龙的身手从椅子上跳下来。／所有的女同学以少妇淫妇贵妇荡妇怨妇泼妇家庭主妇的身分出浴春睡煮饭揍仔浇花打毛线接电话打麻将阻街骂街然后以巾帼不让须眉的姿态指挥三军为国捐躯。／（好了，你毕业了。大家可自行练习不择手段向上爬／此外有意割眼纹眉纹身脱痣漂白换皮隆胸丰臀驳骨除脂去肋阴户收缩阳具加大的同学，外科谘询顾问就在门外候教。）

你還想怎樣？

當然舌頭

當然狗

當然中間有一個洞

當然車站等不到人

當然失約爽約放飛機

當然只有電話答錄機

當然白白走雞

當然手頭很緊

當然褲頭很鬆

當然交通阻塞

當然音訊杳然

當然矇查查當然嘭恰恰

當然半天吊

當然仙人跳

當然癢當然痛當然毒當然蠱當然蠢當然內有古怪

當然是假的當然是真的當然真假難分當然恨

好了

回家睡覺

你还想怎样？

当然舌头／当然狗／当然中间有一个洞／当然车站等不到人／当然失约爽约放飞机／当然只有电话答录机／当然白白走鸡／当然手头很紧／当然裤头很松／当然交通阻塞／当然音讯杳然／当然蒙查查当然嘭恰恰／当然半天吊／当然仙人跳／当然痒当然痛当然毒当然蛊当然蠢当然内有古怪当然是假的当然是真的当然真假难分当然恨／好了／回家睡觉

爽爽問一下

你猶疑魷魚？

還是狐疑狐狸？

如果你的狗比你聰明

那你會不會聽話？

如果貓和老鼠玩耍

那你還釣不釣魚？

如果豬欣賞王菲的歌

那你還吃不吃叉燒？

如果天大的挑戰你都能面對

那你夠不夠膽借我五百塊？

你還忍不忍心許願？

如果星星掉下來都會「哎喲！」一聲

如果夢的距離很遠

你會搭飛機還是打飛機？

如果你吃虧了

那你還要不要來點甜品？

如果你被利用了
你還會不會質疑人的價值？

如果你被拋棄了
你會不會把自己撿回來？

沙灘要經過多少年
才能夠擺脫浪潮的糾纏？

一個人要走過多少路
才總算不是一個人？

118

神蹟

天使大肚了

爽爽问一下 你犹疑鱿鱼？／还是狐疑狐狸？／如果你的狗比你聪明／那你会不会听话？／如果猫和老鼠玩耍／那你还钓不钓鱼？／如果天大的挑战你都能面对／那你够不够胆借我五百块？／如果星星掉下来都会「哎哟！」一声／你还忍不忍心许愿？／如果梦的距离很远／你会搭飞机还是打飞机？／那你还要不要来点甜品？／如果你被利用了／你还会不会质疑人的价值？／如果你吃亏了／你会不会把自己捡回来？／沙滩要经过多少年／才能够摆脱浪潮的纠缠？／一个人要走过多少路／才总算不是一个人？

神迹　　天使大肚了

借我玩一下 *

沒有

而且無端的覺得　是白的

不知母雞亦可騙也

不再怕癢癢了

願上帝保佑美國女生

因為羅宋湯和沙拉是很好吃的

我們要瞭解我們這個民族

英雄的民族

讓我們平等的摸別人的鼻子

也讓別人摸

120

不要崴腳！

咦 鳥還有鄉音啊？

從此我就不反對塗白了

再見紫穗槐！再見大醃蘿蔔！

再見蟈蟈！

＊本詩句子均取自汪曾祺先生散文集《旅食與文化》若干篇章內的最後一
行句子拼綴而成。

借我玩一下

没有 ／而且无端的觉得 是白的／不知母鸡亦可骗也／不再怕痒痒了／愿上帝保佑美国女生／因为罗宋汤和沙拉是很好吃的／我们要了解我们这个民族／英雄的民族／让我们平等的摸别人的鼻子／也让别人摸／不要崴脚！／咦 鸟还有乡音啊？／从此我就不反对涂白了／再见紫穗槐！再见大腌萝卜！／再见蟈蟈！

＊本诗句子均取自汪曾祺先生散文集《旅食与文化》若干篇章内的最后一行句子拼缀而成。

情詩

遙望背影

他淚珠滾落

地上一朵小花以為是雨

嚐了一口，「好鹹！」

說罷就死了

情诗　遙望背影／他泪珠滚落／地上一朵小花以为是雨／尝了一口，「好咸！」／说罢就死了

天堂

當然
那裡有戲院
冷天時觀眾一人派一隻母雞抱著取暖
下了蛋就歸自己
銀幕上放映的　全是接吻鏡頭

當然
那裡不會交通阻塞
每個人都有翅膀
胖子的要特別訂造

鼻子敏感的沒有羽毛

光環每天由印尼女傭擦到亮亮

當然

那裡沒有仇恨

在凡間是敵人的

規定在此必須大被同眠

睡到冰釋前嫌為止

粗話會被空氣自動過濾

任何不友善的肢體動作

會變成翩翩舞蹈

當然

那裡沒有人吃齋
沒有人計算卡路里
沒有人顧慮膽固醇或過量菸酒
餐餐都有肥豬肉
飯後水果是榴槤

當然
那裡無所事事
大家喜歡雲朵上圍坐聊天
說的全是廢話
既然已經在天堂了
言語就不必有意義有建設性
也可以省卻祈禱

當然

那裡廿四小時播放輕音樂

（就像超級市場）

想聽搖滾的就戴耳機

報章新聞都經過審查

封鎖一切會引起居民惶恐不安的消息

當然

那裡沒有理想

當然

那裡沒有夢

當然

那裡獸久了會很悶

但不必擔心

有電梯直接送你到

十八層地獄

天堂　　当然／那里有戏院／冷天时观众一人派一只母鸡抱着取暖／下了蛋就归自己／银幕上放映的　全是接吻镜头／当然／那里不会交通阻塞／每个人都有翅膀／胖子的／要特别订造／鼻子敏感的没有羽毛／光环每天由印尼女佣擦到亮／当然／那里没有／仇恨／在凡间是敌人的／规定在此必须大被同眠／睡到冰释前嫌为止／当然／那里没有人吃斋／没有／自动过滤／任何不友善的肢体动作／会变成翩翩舞蹈／当然／那里没有人吃斋／没有人计算卡路里／没有人顾虑胆固醇或过量菸酒／餐餐都有肥猪肉／饭后水果是榴梿／当然／那里无所事事／大家喜欢云朵上围坐聊天／说的全是废话／既然已经在天堂了／言语就不必有建设性／也可以省却祈祷／当然／那里廿四小时播放轻音乐／（就像超级市场）／想听摇滚的就戴耳机／报章新闻都经过审查／封锁一切会引起居民惶恐不安的消息／当然／那里没有理想／当然／那里没有梦／当然／那里呆久了会很闷／但不必担心／有电梯直接送你到／十八层地狱

夜

脚

他的一生

梦的味道像鱼／鱼的味道像梦

他的一生

夢的味道像魚
魚的味道像夢

學生

孩子
學生孩子

毛蟲

如果我沒有被吃掉
我將變成一隻美麗的蝴蝶

毛虫

如果我没有被吃掉／我将变成一只美丽的蝴蝶

舊情人

天際飛過一排煮熟的鴨子

想你

旧情人　　天际飞过一排煮熟的鸭子／想你

分享

梵谷把耳朵割下送給
貝多芬　於是聽到了
向日葵盛開的聲音

分享

梵谷把耳朵割下送给／貝多芬　于是听到了／向日葵盛开的声音

133

你不再愛我

你不再愛我
你不再拿我的底褲來嗅
你不再吞我的精液
你不再愛我

你不再在得空的時候想我
你不再在不得空的時候想我
我的名字對你不再有任何意義
我的身體對你不再有任何意義
我的悲歡對你不再有任何意義
我的夢想對你不再有任何意義

我們的過去　現在和未來

對你不再有任何意義

所有的月光　情話和咖哩雞

對你不再有任何意義

我

對你不再有任何意義

你不再愛我

為什麼你讓我上了你癮

卻不肯再繼續供應？

為什麼我們相互的愛

不會同時消失？

135

或許這樣一拍兩散比較容易

為什麼對我像患癌

對你只是吃一粒班納杜就好

輕微的發燒？

你讓我明白了

原來最爛的情歌最真

你讓我明白了

眼淚果然非常廉價

我在死的時候活著

只因我假裝你已死去

我在夢的時候醒著

136

只因你已不在夢中

你把我推出陽台

逼我呼吸冷冷的空氣

你逼我過完全不願的新生活

你給我孤單的自由

沉重的輕快

你曾經滿盈

我懵然不覺一直以來是空虛的心

現在

你留下一個洞

（喂！你他媽的留下一個洞）

137

你不再爱我

你不再爱我／你不再拿我的底裤来嗅／你不再爱我／你不再在得空的时候想我／你不再吞我的精液／你不再爱我／你不再在不得空的时候想我／我的名字对你不再有任何意义／我的身体对你不再有任何意义／我的悲欢对你不再有任何意义／我的梦想对你不再有任何意义／我们的过去

现在和未来／对你不再有任何意义／所有的月光情话和咖喱鸡／对你不再有任何意义／我／对你不再有任何意义／你不再爱我／为什么你让我上了你瘾／却不肯再继续供应？／为什么我们相互的爱／不会同时消失？／或许这样一拍两散比较容易／为什么对我像患癌／对你只是吃一粒班纳杜就好／轻微的发烧？／你让我明白了／原来最烂的情歌最真／眼泪果然非常廉价／我在死的时候活着／只因我假装你已死去／我在梦的时候醒着／只因你已不在梦中／你把我推出阳台／逼我呼吸冷冷的空气／你曾经满盈／我懵然不觉一直以来是空虚的心／现在／你留下一自由／沉重的轻快／你逼我过完全不愿的新生活／你给我孤单的个洞／（喂！你他妈的留下一个洞）

還好

她的夢失竊了

三日後在路邊撿回半截
被人踩得髒兮兮
要拎回家用快白洗

还好　她的梦失窃了／三日后在路边捡回半截／被人踩得脏兮兮／要拎回家用快白洗

糖兆十一：宋

139

以動物的方式愛我

請用牛一般溫柔的眼神看我

再給我一點貓的溫暖

狐的嫵媚

兔的遷就

蛇的糾纏

豬的親暱

羊的風騷

像小鳥一樣唱歌給我聽

並雞啄不斷般吻我

再加上一個大大的熊抱

140

像夏天的狗一樣

我就會快樂的猛伸舌頭

以动物的方式爱我

请用牛一般温柔的眼神看我／再给我一点猫的温暖／狐的妩媚／兔的迁就／蛇的纠缠／猪的亲昵／羊的风骚／像小鸟一样唱歌给我听／并鸡啄不断般吻我／再加上一个大大的熊抱／我就会快乐的猛伸舌头／像夏天的狗一样

141

小學團體旅行

報告老師
有人在風景中小便

韓國十……劍弓

小学团体旅行　报告老师／有人在风景中小便

無題

七七四十九天

他靈魂化身為蛾回家

被孫子一拖鞋打扁

詩

嘶嘶
嘶嘶　嘶嘶　嘶嘶　嘶嘶　嘶嘶　嘶嘶　嘶嘶　嘶嘶
嘶嘶　嘶嘶　嘶嘶　嘶嘶　嘶嘶　嘶嘶　嘶嘶　嘶嘶
嘶嘶　嘶嘶　嘶嘶　嘶嘶　嘶嘶　嘶嘶　嘶嘶　嘶嘶
嘶嘶　嘶嘶

嘶嘶　嘶嘶
嘶嘶　嘶嘶
嘶嘶

嘶嘶　嘶嘶
嘶嘶　嘶嘶
嘶嘶　嘶嘶
嘶嘶　嘶嘶
嘶嘶　嘶嘶
嘶嘶　嘶嘶
嘶嘶　嘶嘶
嘶嘶　嘶嘶
嘶嘶　嘶嘶
嘶嘶
嘶嘶

嘶嘶　嘶嘶
嘶嘶　嘶嘶
嘶嘶　嘶嘶
嘶嘶　嘶嘶
嘶嘶　嘶嘶
嘶嘶　嘶嘶
嘶嘶　嘶嘶
嘶嘶　嘶嘶
嘶嘶　嘶嘶
嘶嘶　嘶嘶
嘶嘶　嘶嘶

诗

嘶嘶嘶嘶嘶嘶嘶嘶嘶嘶嘶嘶嘶嘶嘶嘶嘶嘶嘶嘶／嘶
嘶／嘶嘶嘶嘶嘶嘶嘶嘶嘶嘶嘶嘶嘶嘶嘶嘶嘶嘶嘶嘶嘶嘶嘶嘶嘶嘶嘶嘶嘶嘶嘶嘶嘶嘶嘶嘶嘶嘶／嘶嘶嘶
嘶嘶嘶嘶嘶嘶嘶嘶嘶嘶嘶嘶嘶嘶嘶嘶嘶嘶嘶嘶嘶嘶嘶嘶嘶嘶嘶／嘶嘶嘶／嘶嘶嘶嘶嘶嘶嘶嘶
嘶嘶／嘶嘶嘶嘶嘶嘶嘶嘶嘶嘶嘶嘶嘶嘶嘶嘶嘶嘶嘶嘶嘶嘶／嘶嘶嘶嘶嘶嘶嘶嘶嘶嘶嘶嘶嘶

嘶嘶嘶
嘶嘶嘶
嘶嘶嘶
嘶嘶嘶
嘶嘶嘶
嘶嘶嘶
嘶嘶嘶
嘶嘶嘶
嘶嘶嘶
嘶嘶嘶
嘶嘶
嘶嘶
嘶嘶
嘶

祕密

荷包蛋

八肚天

麥粥　梳打餅　咖哩卜　梅菜扣肉　馬拉盞蘿菜

油條　三燒飯　花生糊　擂沙湯圓　巧克力蛋糕

發糕　糯米雞　六味湯　海南雞飯　黑豆豬尾湯

芝士　黃薑飯　老婆餅　波波喳喳　印度羊肉湯

拉茶　紅龜粿　豆腐花　螞蟻上樹　蛋黃蓮蓉酥

米通　芋頭糕　牛雜湯　咖哩魚頭　潮州炆米粉

花捲　雲吞麵　九層糕　印度煎餅　葉子楣大包

沙爹　芝蘇糊　杏仁餅　揚州炒飯　豬肉蒸水蛋

熱狗　綠豆湯　椰漿飯　南乳豬手　鹹魚煎肉餅

白飯　艇仔粥　肉骨茶　新月麵包　蓮藕炆雞腳湯

水餃　鹵水鴨　小籠包　亞參叻沙　薑葱炒荳苗

燒賣　盲公餅　梘水糭　牛肉冷當　蝦仁芙蓉蛋

蝦餅　福建炒　行軍餅　炒大荳芽　江魚仔豆角

蛋撻　雲片糕　豆瓣魚　藍莓馬糞　客家釀豆腐

炸雞　白糖糕　老鼠粉　參巴臭豆　花生豬腳湯

生活

有人在月光底下睡去
有人在夢實現之前老去
有人一覺醒來
發現底褲不見了

於是我欠一屁股債
煮一煲白菓薏米腐竹糖水
偷偷寫詩
偶而減肥

追巴士

教壞別人家小孩

罵政府貪污無能　感嘆世風日下

玩鳥

看一隻野狗嗅來嗅去

激烈爭辯某女星胸脯的虛實

為同事欠的香菸錢苦纏不休並虔誠的等待每一個

出糧的

日子

生活　　有人在月光底下睡去／有人在梦实现之前老去／有人一觉醒来／发现底裤不见了／于是我欠一屁股债／煮一煲白菓薏米腐竹糖水／偷偷写诗／偶而减肥／追巴士／教坏别人家小孩／骂政府贪污无能　感叹世风日下／玩鸟／看一只野狗嗅来嗅去／激烈争辩某女星胸脯的虚实／为同事欠的香菸钱苦缠不休并虔诚的等待每一个／出粮的／日子

永遠

直到發霉

直到等不及海枯石爛

直到患上老人癡呆症

直到偉哥搞得她夜夜不得安寢

直到他找到另一個不必永遠的

直到孩子都長大了

直到月亮不再代表我的心

直到發現什麼都摻了防腐劑

直到發現枕邊躺著一個陌生人

直到她刷爆幾張信用卡

直到他在網上養了虛擬的第二頭家

直到大耳窿找上門

直到除了孩子教育外找不到共同話題

直到受不了他當眾挖鼻屎的壞習慣

直到受不了她的嘮叨

直到女方堅持要八圍酒

直到她說：「我懷孕了。」

直到廣告時間請喝ＸＸ牌漂白水

直到茶涼

直到抽完一根菸

直到射精

直到眨眼

151

直到永遠

永远

直到发霉／直到等不及海枯石烂／直到患上老人痴呆症／直到伟哥搞得她夜不得安寝／直到他找到另一个不必永远的／直到孩子都长大了／直到月亮不再代表我的心／直到发现什么都掺了防腐剂／直到发现枕边躺着一个陌生人／直到她刷爆几张信用卡／直到他在网上养了虚拟的第二头家／直到大耳窿找上门／直到除了孩子教育外找不到共同话题／直到受不了他当众挖鼻屎的坏习惯／直到受不了她的唠叨／直到女方坚持要八围酒／直到她说：「我怀孕了。」／直到广告时间请喝ｘｘ牌漂白水／直到茶凉／直到抽完一根菸／直到射精／直到眨眼／直到／永／远

身世

那年頭我娘還是處女

有一天上山撿柴

遇見一隻燕八哥

燕八哥唱道：

「雨伊嗚嗚雨伊嗚」

我娘應道：

「雨伊嗚嗚雨伊嗚」

那年頭我爹還是處男

有一天出海航行

遇見一尾美人魚

兩人在甲板上玩跳房子

（我爹贏！）

然後比賽繞船游泳十圈

美人魚讓九圈半

（我爹又贏！）

我仍然相信我是聖潔的產物

我仍然相信愛情

我仍然追求不可救藥的浪漫

我仍然追求一條光明的尾巴

我知道我很蠢

154

新春守则

小睡
不准强姦财神

身世

那年头我娘还是处女／有一天上山捡柴／遇见一只燕八哥／燕八哥唱道：／「雨伊呜呜雨伊呜」／我娘应道：／「雨伊呜呜雨伊呜」／那年头我爹还是处男／有一天出海航行／遇见一尾美人鱼／两人在甲板上玩跳房子／（我爹赢！）／然后比赛绕船游泳十圈／美人鱼让九圈半／（我爹又赢！）／我仍然相信我是圣洁的产物／我仍然相信爱情／我仍然追求不可救药的浪漫／我仍然追求一条光明的尾巴／我知道我很蠢

借詩還魂 *

腫友衣添

冷門慧把喧嘩鋪滿那奸商

拔韭殺齋奈何里

醃貨在制舉的曠場上暫放

士氣的銅血盟

野洗瓦門百花唱慢

蛋地上的忍癢忘添公

孩吠積德女捫的麵蓉

腫友衣添

瓦門兜吠永友繩剩德癬票

瓦門對瓦門癬己處萊的重桶索

你好重桶

瓦門厭玉釀女帶錶瓦門

坐出尾大的絕吃

瓦門也吠哥送鄉艾的煮鍋

*吳祚來的微博

借诗还魂 *　肿友衣添／冷门慧把喧哗铺满那奸商／拔韭杀斋奈何里／腌货在制举的旷场上暂放／士气的铜血盟／野洗瓦门百花唱慢／蛋地上的忍痒忘添公／孩吠积德女扣的面蓉／肿友衣添／瓦门兜吠永友绳剩德癣票／瓦门对瓦门癣己处莱的重桶索／你好重桶／瓦门厌玉酿女带表瓦门／坐出尾大的绝吃／瓦门也吠哥送乡艾的煮锅

星星索

對不起
這個願望不由我負責

星星索　　對不起／这个愿望不由我负责

我的青春小鳥

我活著的文法是過去式

小學四年級作文

題目就已經叫「童年記趣」

不是我誇口

古早可真是好日子

那年頭——

雨還不酸　河還不乾

大地很綠　天特別藍

花開都美　零嘴都好吃

那年頭——

五分錢真的大過牛車輪

窮人還吃得起江魚仔

攤販賣的雲吞麵還很大碗

建築商沒有偷工減料

阿姨的裙子也不必省布

那年頭——

交通阻塞還是新鮮名詞

阿叔還敢在大馬路踩腳車

寶寶還敢接受陌生人的糖果

晚上大門只是意思意思鎖一下

小偷還鬼鬼祟祟

160

小女孩放學獨自穿過膠林回家
也不怕被色狼捉去強姦

那年頭——

娘惹糕和椰漿飯是快餐
食物的附加物還唸得出名堂
每隻母雞被劏來吃之前
都快快樂樂地下過蛋
到處都是泥濘
但還沒有這麼化學的骯髒
省時省力的工具不多
但人們似乎更加得空

那年頭——

家長還不驚輸

小朋友不必一下課

又被押去補習英文鋼琴和芭蕾

當然也有盜匪

但不會猖狂到人人要在家裡坐牢

打一份工就夠養妻活兒

計程車司機不必拉保險

妓女也不必賣黑市萬字

那年頭我們還聽老師的話

還相信報章上的白紙黑字

還相信政治家

真心在為人民服務

貪污的也沒有這麼義正詞嚴

我們還相信發展一定是好事

我們都窮

都擠在人家窗口看電視

但我們有理想　我們充滿希望

我們憧憬著未來

只是當時沒料到

所謂的未來已變成豈有此理的現在

那年頭拜神不純粹為了求財

那年頭的夢還可以很不實際

163

傷口很快就痊癒

所有的煩惱　都是哭一頓　睡個覺

就可以忘得一乾二淨

那年頭朋友都年輕

父母還健朗

東西還分得出對錯

每一個日子都流漾著金黃

為什麼美麗小鳥

一去無影蹤

我們努力求進步

其實不過是勉強維持

越來越不堪的現狀

164

太陽下山明朝一樣爬上來

世界卻已變得不一樣

過去是永遠回不了的家

永遠是堅持回頭僵硬的頸

別的娜喲喲　噢──────

別的娜喲喲

我沒有家

我不可以回家

別的娜喲喲　噢──────

別的娜喲喲

別的娜喲喲　噢──────

沒有人有家

165

沒有人可以回家

我的青春小鳥

我活着的文法是过去式／小学四年级作文／题目就已经叫「童年记趣」／不是我夸口／古早可真是好日子／那年头——／雨还不酸　河还不乾／大地很绿　天特别蓝／花开都美　零嘴都好吃／那年头——／五分钱真的大过牛车轮／穷人还吃得起江鱼仔／

166

摊贩卖的云吞面还很大碗／建筑商没有偷工减料／阿姨的裙子也不必省布／那年头——／交通阻塞还是新鲜名词／阿叔还敢在大马路踩脚车／宝宝还敢接受陌生人的糖果／也晚上大门只是意思意思锁一下／小偷还鬼鬼祟祟／小女孩放学独自穿过胶林回家／也不怕被色狼捉去强奸／那年头——／娘惹糕和椰浆饭是快餐／食物的附加物还念得出名堂／每只母鸡被劏来吃之前／都快快乐乐地下过蛋／到处都是泥泞／但还没有这么化学的肮脏／省时省力的工具不多／但人们似乎更加得空／那年头／家长还不惊输／小朋友不必一下课／又被押去补习英文钢琴和芭蕾／当然也有盗匪／但不会猖狂到人人要在家里坐牢／打一份工就够养妻活儿／计程车司机不必拉保险／妓女也不必卖黑市万字／那年头我们还听老师的话／还相信报章上的白纸黑字／还相信政治家／真心在为人民服务／贪污的也没有此理／我们充满希望／我们憧憬着未来／只都穷／都挤在人家窗口看电视／但我们有理想／那年头拜神不纯粹为了求财／那是当时没料到／所谓的未来已变成岂有此理／我们相信发展一定是好事／我们年头的梦还可以很不实际／伤口很快就痊愈／所有的烦恼／都是哭一顿　睡个觉／就可以忘得一乾二净／那年头朋友都年轻／父母还健朗／东西还分得出对错／每一个日子都流漾着金黄／为什么美丽小鸟／一去无影踪／我们努力求进步／其实不过是勉强维持／越来越不堪的现状／太阳下山明朝一样爬上来／世界却已变得不一样／过去是永远回不了的家／永远是坚持回头僵硬的颈／别哟娜哟哟　　噢——　　——　／别哟娜哟哟／我没有家／我不可以回家／别哟娜哟哟　　噢——　　——　／别哟娜哟哟／没有人有家／没有人可以回家

167

世界末日那天

學校放假

處女貼聖堂

從未寫過詩的朋友，這裡就是你獻出第一次的空間。

讓我們來共享同樂吧！

鳴謝

本詩集從造句到付梓到發行，有賴多位美麗人仕各種形式的慷慨。人間溫暖，假牙沒齒難忘，在此列出鼎鼎大名，以致謝忱。

小睡　李勇堅　唐彭　楊楚田　管管　夏宇

阿芒多　巫月圓　林思明　呂子安

月英妹　林邁克　黃有儉　邱瑞成　何達

練葵芳　汪永豐　謝秉剛　姚貞堯　陳詩緣

阿床　梅淑貞　林秀鳳　姚惠蘭　桃莉芭頓

黃吱咔　鄒雲冰　林秀玉　姚來卿　吳維涼

許慾靜　歐陽應露　楊桂蓮　姚秀鳳　吳祚來

杜豆豆　李商隱　許蕙蓮　陳家毅　許祥賢

莊若　李岩　熊礫寶　賴耀權　瘂弦

孫德俊　蔡忠鴻　楊雯斌　蔡鐘治　鍾曉陽

耳朵餅　郭金標　李泰祥　施教鏞　鄭愁予

牛忠　費翔　林通光　西西　曾翎龍

徐志摩　俞隆華　汪曾祺　王家富　土地公

鴻鴻　隱匿　詹正德　朱亞君　王筱茵

國家圖書館預行編目資料

假牙詩集——我的青春小鳥/假牙作. --初
版. --臺北市：寶瓶文化, 2016. 01
　　面；　公分. ──（island：251）
　ISBN 978-986-406-040-5（平裝）

868. 751　　　　　　　　　　104028968

Island 251

假牙詩集——我的青春小鳥

作者／假牙

發行人／張寶琴
社長兼總編輯／朱亞君
副總編輯／張純玲
資深編輯／丁慧瑋　編輯／林婕伃
美術主編／林慧雯
書衣設計／林慧雯　內封設計／許益進
版面編排／仙都第一美女
校對／小舔舔‧丁慧瑋‧劉素芬
心理咨詢／加愛
生理咨詢／秋傑路集體貢獻
出錢一丁／阿芒多
營銷部主任／林歆婕　業務專員／林裕翔　企劃專員／李祉萱
財務／莊玉萍
出版者／寶瓶文化事業股份有限公司
地址／台北市110信義區基隆路一段180號8樓
電話／(02) 27494988　傳真／(02) 27495072
郵政劃撥／19446403　寶瓶文化事業股份有限公司
印刷廠／世和印製企業有限公司
總經銷／大和書報圖書股份有限公司　電話／(02) 89902588
地址／新北市新莊區五工五路2號　傳真／(02) 22997900
E-mail／aquarius@udngroup.com
版權所有‧翻印必以身相許
法律顧問／理律法律事務所陳長文律師、蔣大中律師
如有破損或裝訂錯誤，請寄回本公司更換
著作完成日期／二〇〇五年一月十四日
初版十刷日期／二〇二三年十一月二十九日

ISBN／978-986-406-040-5
定價／三三〇元
本書由有人出版社（馬來西亞）授權出版
Copyright©2016 by False Teeth.
Published by Aquarius Publishing Co., Ltd.
All Rights Reserved
Printed in Taiwan.

AQUARIUS 寶瓶
文化事業

愛書人卡

感謝您熱心的為我們填寫，
對您的意見，我們會認真的加以參考，
希望寶瓶文化推出的每一本書，都能得到您的肯定與永遠的支持。

系列：Island 251　　書名：假牙詩集──我的青春小鳥

1. 姓名：_____　性別：□男　□女

2. 生日：_____年_____月_____日

3. 教育程度：□大學以上　□大學　□專科　□高中、高職　□高中職以下

4. 職業：_____

5. 聯絡地址：_____

　　聯絡電話：_____　手機：_____

6. E─mail信箱：_____

　　　　　　□同意　□不同意　免費獲得寶瓶文化叢書訊息

7. 購買日期：_____年_____月_____日

8. 您得知本書的管道：□報紙／雜誌　□電視／電台　□親友介紹　□逛書店　□網路

　　□傳單／海報　□廣告　□其他

9. 您在哪裡買到本書：□書店，店名_____　□劃撥　□現場活動　□贈書

　　□網路購書，網站名稱：_____　　□其他_____

10. 對本書的建議：（請填代號　1. 滿意　2. 尚可　3. 再改進，請提供意見）

　　內容：_____

　　封面：_____

　　編排：_____

　　其他：_____

　　綜合意見：_____

11. 希望我們未來出版哪一類的書籍：_____

讓文字與書寫的聲音大鳴大放
寶瓶文化事業股份有限公司

（請沿此虛線剪下）